Miho Tanaka 田中美帆

My Happiness Rule

マイ ハピネス ルール

179日のいのちが教える「私の幸せ」の見つけ方

経済界

はじめに

はじめまして、田中美帆です。

この本を手にとっていただき、ありがとうございます。

私は、女性の活躍を支援する「関西美活サークル」というコミュニティの運営をしています。ほかにも、メガネのオリジナルブランド「Another」のプロデュースやアロマのイベント事業など、これまで、自分の想いや好きなことを仕事にしてきました。そういった活動情報や日常を綴ったブログ「SWEET MIE」では、ブロガーとして日々発信もしています。

そんな私も結婚をし、子どもにも恵まれました。「はるか」という、とっても可愛い女の子です。はる、はるちゃん、と呼んでいます。

ブログでは、お腹の中でわが子が成長する様子を伝えてきました。あかちゃんが生まれたら、育児についても書いていこうと、楽しみにしていました。

けれど生まれてすぐ、はるには心臓の病気があることがわかったのです。ハンデとともに娘を育てていく現実を突然つきつけられ、愕然としました。それまでの私は、元気なあかちゃんが生まれてくることを疑いもしていませんでした。

はるは生後6か月、正確には179日でお空へ行くことになりましたが、最期まで、家族と濃密な1分1秒を過ごしました。

この本は、はるを妊娠し、出産、子育て、闘病、お別れ、その後に至るまで、日常の出来事一つひとつを丁寧に思い起こした、私たち家族の話です。

そして、はるの存在を通して、大きく変わった私の価値観。いままでは見えていなかった大切なこと、はじめて気づくことができた幸せについて、各章のおわりに書きました。

迷ったり、悩んだりしたとき、はるに教えてもらった「私の幸せ」は、いまでも私の行く先を導いてくれています。

大切な人を失い苦しんでいる、人と比べてしまう、相手にばかり求めてしまう……。そんなときに、もし「自分の価値観で手にした自分だけの幸せ」を知っていたなら、苦しみを幸せへとつなぐこともできるのではないでしょうか。

はるを産んでから、仕事の時間が大半だった生活スタイルは、病気と向き合う日々にかわりましたが、自分が不幸だと思ったことは一度もありません。

「病気の子どもとその家族」

まるで悲劇のヒロインのように聞こえます。でも実際に私たち家族は、最高に幸せでした。日常一つひとつが愛おしく、はるが私たちの生きるパワーでした。それは、はるがお空へ行ったいまも変わりません。

楽しく幸せだった日々を送ることができたことに、感謝の気持ちでいっぱいになります。

自分の幸せがはっきり見えたことで、いままで以上に、まっすぐ、正直に生きられている私がいます。そして、毎日がより、かけがえのないものになりました。私が変わったように、はるの生きた証がここに生きる誰かの力に変わるなら、こんなに嬉しいことはありません。

なにより、近くにいる人やこの日常の中に、たくさんの〝愛〟を見つけていただけたら嬉しいです。

田中美帆

My Happiness Rule
CONTENTS

2 闘いのはじまり――入院

3 本当のおうち――帰宅

4 泣かない約束――闘病

7 空からのメッセージ――再出発

ある日、
頼りがいがあって、前向きで、
とっても気の合う素敵な人と巡り合って
私は結婚をした。
そして2人のあいだには、
あかちゃんが生まれた。

これは、そんな私たち〝家族〟の話。

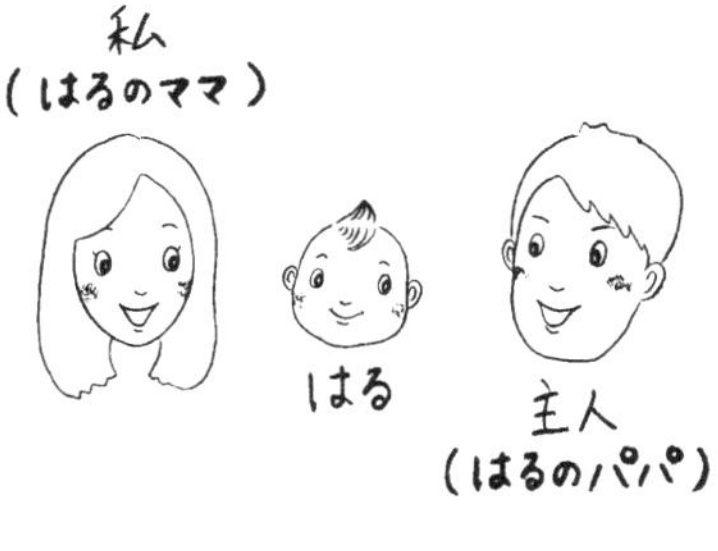

0

ママになる——妊娠・出産

嬉しい報告

めでたく家族になって1年後、待望の……。

「で、できてる⁉」

叫びたい興奮を必死で抑えて主人に報告。

「ん？ 何が？」

ぽかんとする主人に向かって
「あかちゃんが‼」

「え⁉ まじか‼」

「うん、あとで検査薬見てみて！」

「うおーーーーー‼」

びっくりしすぎて放心状態の2人。

主人の実家に遊びに行った、その夜。

お義母さんがごはんを用意してくれる。

いつものようにお義父さんと晩酌。

「遠いところお疲れさん！」

「あ、ありがとう！」

と言いながら主人をチラ見する私。

このタイミングで言おう！と、
すでに主人と打ち合わせ済み。


「じつは、報告があります。

子どもができました！」

言った瞬間、両親が
「バンザーーーーイ!!」

リアル万歳を生まれて初めて見た！

どんどん変わっていく

つわりはずっと車酔いみたい。
だんだん吐くことにも慣れてきた。
妊娠してからは、いつも主人が、
「無理せんでいいで」とお水をくれる。
つめたくておいしい……。

吐き気があるのに、
無性に**たこ焼きが恋しく**なる！
近所のたこ焼き屋に
死にものぐるいで買いに行くほど。
お腹もまだ出ていないのに、
すごく怪しかっただろうなぁ。

妊娠をしてから、体調も食べ物の好みも、
どんどん変わっていく。

男の子？女の子？
まだわからないけど、女の子のつもりで、
「みーみーちゃん」って呼ぶことにした。
主人は男だからか、男の子のイメージしか
わかないらしい。
「どっちなのかワクワクするね」
目が合えばそんな話ばかり。

友だちにお守りをもらった。
夫婦で**安産祈願**にも行った。
できることは全部したい。

これが母性というもの？

まだ胎動がない時期に、
唯一あかちゃんを感じられる妊婦健診。
エコー検査のモニターに映るわが子は、
手を動かしたり、足を組んだり。
すくすく育ってくれていてうれしい。

あかちゃんを迎える準備もはじめよう。
ベビーバス、ベビーベッド、お洋服。
先輩ママの話を聞いたり、調べたり。
一番いい環境で迎えたいから。

新生児の肌着は、柔らかくなるように水通し。
洗濯しながらあかちゃんを思う時間は幸せ。

お腹も少しでてきた。
胎動を感じるようになると、
中でぽこぽこ手足を動かしているのがわかる。
何をしているんだろう？
お腹が透けて見えたらいいのに。

妊娠6か月、ついに**女の子と判明！**
私の予想が当たりました。
かわいい洋服もたくさん着せたい。
どんな子が産まれてくるかなぁ。

ふと気がつくと、無意識に
お腹に手を置いて守っていたり。
これが噂の母性というものなのね。

もうすぐ会えるね

お腹の中でどんどん育って今日で39週目。
恥骨がミシミシいって、
骨が割れるんじゃないかってほど
あかちゃんの重さがのしかかっている感じ。

「もうすぐ生まれますよ」っていう
先生の言葉に期待して、
会える日をドキドキして待っているけど……。
予定日を過ぎてもお腹でぬくぬく。
生まれる気配が**まったくない**。

早く会いたいな。

「出産は、ママじゃなくて、
あかちゃんが一番大変。
元気に出てこられるように
大丈夫って声かけてあげて」
と先輩ママのありがたい言葉。

ほんとうにその通り。
どんな世界かもわからないのに、
たったひとりで外に出ようと
勇気を振り絞っているんだよね。
ママはそれを応援する側。
パパもずっと立ち会ってくれるよ。
家族みんなで、頑張ろうね。

ようこそすばらしい世界へ

本格的に大きな陣痛がきた。

声がでない、ベッドから起き上がれない。

「もっと踏ん張ってください！」

「目をあけて！」

「もっともっと！　深呼吸！」

助産師さんの声の通りにやってみるけど、
なかなかうまくできない。

ドラマのように、
主人に背中をさすってもらおうと
思っていたけど……。
じっさいは汗を拭いてくれるタオルも
顔にかかってジャマ!!
「ほっといて！」っていう気持ちになる。

女の底知れぬ強さ!


「あかちゃん、通って来てるからね!」

と助産師さんの声。

やっぱり!

あったかくて大きいものが
通っている気がする!

主人はずっと側にいて、
声をかけてくれたり、水を飲ませてくれたり。

もうすぐ生まれるのかな。

ひたすら心の中であかちゃんを応援。

ママがついているよ。みんな待ってるよ。

頑張れ、もうすぐだよ!

いままでの人生で出したことのない、
地響きのような**低温のうなり声**が出る。
自分がいちばんびっくりした。

「こ、腰が折れる!!」

院長が頭を吸引してくれているみたい。
ものすごい陣痛の後に

スポン!

2014年1月4日15時00分、
元気な女の子が生まれた。

子猫みたいな声で、
ふにゃふにゃ泣いている声が聞こえる。

嬉しい気持ちより、
生まれた安堵のほうが大きい。
自然と涙が出た。
隣の主人も泣いている。

真っ赤でおさるさんみたいなわが子。
名前は、悠。
〝はるか〟と読みます。

はるちゃん、すばらしい世界へようこそ。
いっぱい幸せになろうね。

1

うちの子はるちゃん——ご挨拶

チャームポイント

新生児の成長はめまぐるしい。
日に日に顔がしっかりしてきた。
ママもパパも純日本人なのに、
はるはなぜか**ハーフ顔**。

くせっ毛や眉が薄いのはママ譲り。
目元に手を乗せて寝るクセもママと一緒。

モヒカンヘアがチャームポイント。
はるがもう少し大きくなったら、
ヘアアイロンの使い方を教えてあげよう。

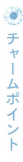

アヒル口はパパ似。
いつも口に力を入れて
「んっ」としているから、
下唇は見えない。
大人並みに力が強いのもパパ譲り。

すぐに**眉毛をへの字**に曲げて、困った顔。

かと思えば、凛々しい表情もよくする。

日に日にかわいさが増す。
いったいどこまでかわいくなる気？
毎日、コロコロ変わる表情や変化を
しっかり目に焼きつけよう。

ふいに撮る写真は最高にかわいいのに、
一緒に撮ろうとするとだいたい変顔になる。

変顔が得意！

とにかくよく寝る

はるはいつも眠たそう。
生まれたことに気づいているのかな？
まだお腹の中だと思っていたりして……。

おっぱいを飲んでいる途中でもすぐ寝る。
いかに寝かさずに飲ませるか、日々格闘！
眠気が勝って夜中も母乳を飲めないみたい。
本当によく寝る子だ。

昼寝はWベッドでママと同じ格好。
主人に写真を撮られた。

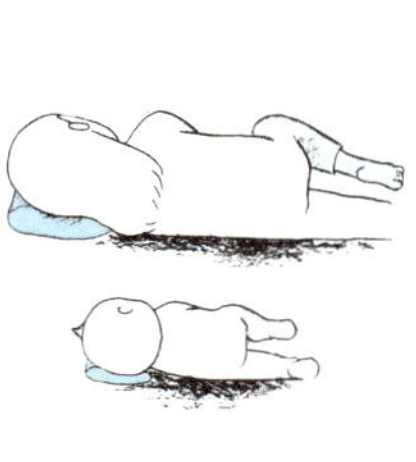

ほとんど寝ているから、
目をパチっと開けてくれただけで大騒ぎ。
目に焼きつけたいけど、写真も撮りたい！

しゃべれなくても、

「ウー」「ウー」「ふーぅーん♡」

と音で話す。

意志疎通ができてきて、
どんどん楽しさが増してきた。


「この子、絶対おもろい子になるわ。

私らの子やし！」

泣かない我慢やさん

うんちのときは、「んーーー」って
声に出して気張る。
顔も**真っ赤っか**だから、
こっちもつい応援に熱が入ってしまう。

おむつが汚れても泣かないから、
5分に一度はチェック！

ストックが一瞬でなくなる。
そんなときはネット通販。
便利な世の中になったものだ。

朝、お腹が空いても泣かない！
ハッと起きて隣のベビーベッドを見ると、
ジーッと私を見て目で訴えている。
「待ってたよー！」と言わんばかりの顔。
携帯を見ていると、「かまってよ！」と
腕を**ギュッ**。

お腹で手を組んで、
大人の待ちのポーズがクセ。
こんなポーズ、あかちゃんはするの？

普段は大雑把なママも
はるのことになると心配性。
まだ喋れないから（しかも泣かないから）、
ママが気づいてあげないと。

ママのお風呂にご満悦

沐浴は得意。
はるもママの**沐浴が大好き**。
とっても気持ちよさそう。

でもパパの沐浴は恐怖で号泣。
なぜか**パンツ一丁**で頑張ってくれる主人。

毎日の沐浴はダイニングテーブルで。
これは結構な重労働。

初めての育児は、何から何まで手さぐり。

遊びのあれこれ

キックをすると音が鳴るおもちゃの鍵盤。
恐る恐る足を伸ばしたりしてごきげん♪
あんなに興味津々だったのに、最後は
「もーこれしつこい！」と半泣き状態。

遠くからこっそり見ていると、
声を出して笑いながらおもちゃ遊び。
じつは**一人遊び**が得意。

指しゃぶりも好き。
パパにやり方を教えてもらったもんね。

かわいらしいぬいぐるみには**興味なし。**
でも、タヌキのぬいぐるみだけは
大のお気に入り。

歌は**ちょうちょの歌**がいちばんお気に入り。
私たちが好きな洋楽には反応なし……。

家族だんらん

はるのぐずぐずタイムは、17時〜18時くらい。
毎日抱っこしながら家中をぐるぐる散歩。
そんな毎日も楽しい。

主人が勧めてくれたので、1時間ほど外出したら、
普段あまり泣かないはるが**大号泣！**

主人は声が大きいうえに距離が近い。
「はーるちゃん!!」と満面の笑みで近づくと、
はるは警戒してキョロキョロと私を探す。
おどかされてかわいそうだけど、
いつもそれで笑ってしまう。

最初は怖がりながら
はるを抱っこしていた主人が
どんどん慣れてきた！
パパらしくなってきたな。

家族でいるときは声を出してよく笑うのに、
友人が家に来ると一切笑わない。
もしかして**人見知り？**
人見知りだった私に似たのかな？

両家のお母さんが、
家にサポートに来てくれる。
上手にあやしている**母に尊敬のまなざし。**

1、2か月に一回、お義父さんもはるに会いに来てくれる。
でもはるは毎回「誰ですか?」という顔。
シレッとしている。
何度目かにようやく、抱っこされながらすごく楽しそうに笑った!
「そうやで! この人がじいじやでー!」

主人の口ぐせ
「やっぱはるは美帆に似てるな。美帆の**ミニ版!**」

いままでずっと自由に生きてきたけど、子ども中心のいまの生活も悪くないなぁ。

幸せを噛みしめる。

毎日にいくつもの幸せが溢れている

はるを思い出すときに浮かぶのは、特別な行事や辛い日々ではなく、ありふれた日常です。

家に流れている童謡とベビーベッドに寝ている「いつものはるちゃん」。きっとそれが、究極の幸せなのだと思います。よく笑うようになったこと、母乳がたくさん飲めたこと、おもちゃを目で追うようになったこと……。

普段の生活の中では見過ごしてしまいそうなその一つひとつを、キラキラとした宝物のように、いまも鮮明に思い出します。

この日常がいつまでも続く保証はどこにもありません。〝大切な人が目の前にいること〟それだけで十分幸せです。言うことをきかないお子さんにイライラする気持ちもあるかもしれません。彼やご主人に不満があるかもしれません。でも、自分の望み通りになってもらうことよりも先に、いますでに手にしている幸せに目を向けてみてください。

きっと、昨日よりも幸せな日常が見えてくると思います。

Happiness Rule

相手に求める前に
いまの幸せに目を向ける

2

闘いのはじまり――入院

特徴と個性

はるには生まれつき、
〝特徴〟があることがわかった。

生まれてすぐ、異変に気づいた先生が、
「すぐに検査を」と別の病院へ転院を指示。
ゆっくり抱く時間もなく、離れ離れになる。
すごく不安……。

後日、先生から渡された紙。
そこに書かれた病気の説明を読んで
愕然とする。
お腹の中にいたときの
何がいけなかったんだろう。

食べものがいけなかったの？

着けたものがいけなかったの？

行った場所がいけなかったの？

・手相が両手ますかけ
（天才なだけじゃないの？）
・両親の鼻は高いのに低い
（普通だと思う……）

渡された紙には、外見にも触れられている。


それを見て、腹がたつ。

「はるが元気だったら個性になりますよね？」

「そうですね……。でも僕たちは小さなことでも疑わないといけないんです」と先生。

受け止めないと

はるの心臓には疾患があり、
肺高血圧状態で負担が大きくかかる。
薬の効果がこのままなければ手術が必要
と先生に告げられていた。

当たり前に元気な子を生めるつもりで、
浮かれていた少し前の自分が頭をよぎる。
でも、前向きに捉える自信がある。
なんでこうなったのかを知りたい。

それからはパソコンと向かい合う日々。
すがる思いで病名や症状で検索したり、
同じ境遇の方のブログや医者の論文も読んだ。

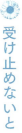

答えがあるかもしれないと思うと、
調べずにはいられない。

街であかちゃんを見かけると、
「なんではるだけ？」と思ってしまう。

ブログで出産の報告をした後、
友人や読者の方からたくさんのお祝いメール。
気持ちは本当に嬉しいけど、
お祝いムードの中、
「じつは病気で入院している」
とは**言えない**……。

入院生活のはじまり

小さく生まれたり、
病気のあかちゃんが入院する
「NICU」。
はるは生まれたその日から、
じつは、そこに入院していた。

家に帰れば、病気について
パソコンとにらめっこしている私。
「ママ、何をそんなに深刻になってるの？」
と言わんばかりに、
はるはいつも**ケロッとしている**。
この子から、負の要素をいっさい感じない。

はるは感受性が豊か。
ふと考え事をしていると、
ジーッとこっちの様子を見ている。
そんなとき、
「この子には、私の心の中も全部
お見通しなんじゃないかな。
すべてを知って生まれてきたんじゃないか」
と思ってドキッとする。

だからこそ、はるに心配をかけないように
「はるの前では笑顔で！」と夫婦で誓った。
ブログでも、病気については触れないと決めた。
克服できるって信じているから。
「じつはね、あのとき辛かったんだ。
でも、もう大丈夫やねん」
ってあとから言えるように。

先生から、今後についての
つらい告知をされて落ち込んでいても、
はるは変わらずにっこり笑顔。
この笑顔に癒される。救われる。

先生の「ちょっと今いいですか」が怖い。

「今日はなんですか？」

といつも警戒してしまう私。

先生が病室に入ってくると、
ニラミをきかせるはる。

はるは何でも知っている。

「ママをいじめるな！」

これからのこと

私たちがいなくなった後も、
しっかりと生きていける子に育てないと。
もし、今後何かの障がいが残るとしたら、
それを挽回できるような
強みを持たせてあげたい。
例えば英語？
そんな話を夜な夜な夫婦で語る。

はるには普通の子と同じように、
幼稚園で友だちといっぱい遊んでもらいたい。
小学校にあがって好きな子ができて、
中学校にあがっておしゃれに目覚めて、
ごくごく**普通のこと**を経験して育ってほしい。

夜のはるちゃん

NICUでの面会は19時までという決まり。
昼間のはるしか知らないのに、
どんどん月日は経っていく……。
普通の生活ができない焦りや不安。
心配も尽きない。

暗いところで蛍光に光るおしゃぶりが大好き。
でも夜中にはると会えない私は、
まだ光っているところを見たことがない。
夜はちゃんと寝ているかな。
夜泣きしていないかな。
看護師さんに遊んでもらえているかな。
一人で淋しくないかな。
ミルクはちゃんと飲めているかな。

私を気遣って、看護師さんが
「夜中のはるちゃんです！」と
写真をいっぱい撮ってくれた。
でも、ほとんどが**変顔！**

NICUでは体が大きいほうなので、
じつは看護師さんたちに
「先輩」と呼ばれているはる。

3時間起きに搾乳した母乳を冷凍して
NICUに通う日々。
産後の床上げ時期とか言っている場合じゃない。
「はるが待ってる」と思うと疲れも感じない。
私の母乳ではるが成長している！ 嬉しい！

小さな体で手術

そんな日常が過ぎる中、
心臓の手術が決まった。
こんな小さな体で……私は胸が張り裂けそう。
できるものなら代わってあげたい。

手術がはじまる。
こんなに時間が長く感じたことはない。

数時間後、
「無事終わりました」と先生の声。
涙が出る。
ありがとうございます、先生。
先生たちが神様に見える。

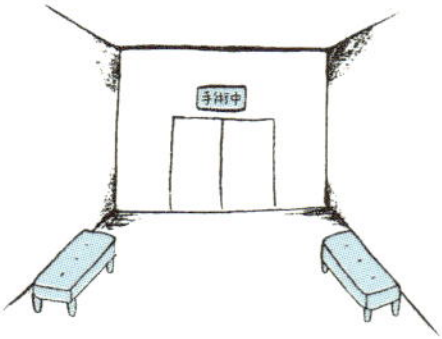

手術後、
いままででいちばんの元気を見せてくれる。
手をバンザイ、足をバタバタさせて
ダンスしているみたい。
胸に手術の勲章をつけてキャッキャと笑顔。
なんだかすごい大物感！

生まれてすぐ入院したはるは、
まだおうちを知らない。
「早く退院しておうち帰ろうね！
ここは、はるちゃんのおうちちゃうねんで」
と、いつも話かける。

はるが一番大切だという軸

心臓の病気がわかったとき、できるだけ普通の経験をさせてあげたい、という思いがありました。けれど、「普通」とは何かを考えると、貧富や人種など比べるものを挙げればキリがありません。

まわりや人の目を気にすることは、命の大切さを考えたら、まったく大した問題にはなりませんでした。「昨日よりたくさん飲めたね」、「今日から薬がひとつ減るね」と、まわりではなく過去の本人と比べたとき、はるの成長を知る幸せがぐんと増えました。

また、迷ったときは、自分の軸に立ち帰るようにしています。私の軸は〝その行動ははるにとってどうか〟でした。

たとえば闘病中にお化粧をすることは不謹慎かな、と頭をよぎったときは、疲れた顔で髪がボサボサのママを前にして、はるは安心できるかな、と考えます。はるが一番大切だという軸を持つことは、優先すべきことをはっきりとさせてくれました。

Happiness Rule

他人ではなく
きのうの自分と比べる

3

本当のおうち——帰宅

3人で暮らす

退院日が決定！
それからは毎日ソワソワ。
いつもより、気合を入れて部屋掃除！

「何もなければ1週間後に退院ですね！」
と看護師さん。
この日をどんなに待っていたか。
何もなければ……何も起きませんように。

無事退院の日。
写真入りの寄せ書きを頂いて嬉しいね。
みんなにいっぱい遊んでもらったね。
いっぱい愛してもらったね！

病院の皆さんはとてもよくしてくれて、
はるも私も本当に幸せ者。

生まれて最初の1か月半は、
初心者ママもはるも、
NICUに育ててもらった。
これからは、家族3人で暮らすんだよ。

はるが家にいる。
家族3人で家にいられることが、最高に幸せ。
ずっと、この日を夢見ていた。

まるで、好きな芸能人が家にいるよう。
パパとママは「はる様ー!」状態。
メロメロ。

病院ではずっと無菌状態だったから、
家の状態が気になる。
掃除はしているつもりだけど……。
大丈夫かな。

「家に慣れるまで時間がかかるかな？」

と思っていたけど、すぐに慣れたはる。

さすが肝が据わっていらっしゃる。

恐れ入りました。

顔をクシャっとさせて
「号泣するかな」と思って見ていると、
泣くのをやめて**指しゃぶり**をちゅっちゅ。
あまりにも泣かないから、
「はるちゃん、泣いていいねんで！」
と声をかける。

号泣すると、肺と心臓に負担がかかる。
それをわかっていて、
調節しているのかもしれないね。

ふだん神経質じゃない私も主人も、
はるのことになるとやたらと敏感に。
外が菌だらけのように感じて電車はまだ怖い。
週2、3回通う病院へもタクシー。

行き先は病院。
だけど、**はるとお出かけ気分**で嬉しい。
はる、今日はどの服着ていこうか?

抱っこひもで抱っこをしている間、
まったく動かないはる。
いつも心配になって、
息をしているか確かめる。
苦しくない？　体勢しんどくない？

主人とはるがたわむれているところを
見るのが好き。
こんな平穏な日常が、
これからもずっと続いてほしい。
大丈夫、大丈夫。きっと大丈夫。

母も過去に大きな病気をして
元気がない時期もあったけど、
はるが生まれてすごく元気になったよ。
孫パワーは絶大！

「みんなで支えあいながら、はるを見守ろう！」

と、家族はなんだか病気と闘う**チーム**みたい。

みんな、ありがとう。

ブログ上の私と実際の私。
嘘は書いていないのに、
どんどん**ギャップ**がでてくる。
ハッピーで笑顔の私と、
はるの病気のことで不安いっぱいな私。
どちらも本当の私だけど……。
人はひとつの側面だけじゃ成り立たない。

初のミニ家族旅行

病院と家しか知らないはるに
外の世界をみせてあげたくて、
病院の許可をもらって隣の県に旅行！
〝念のため〟のはるの持ち物で、
かばんがパンパンに。
家族３人、**初めての旅行**に
ドキドキ、ワクワク！

旅先の駅に小さな市場を発見。
おばあちゃんたちが「かわいいねぇ。何か月？」
と話かけてくれる。
病気のことを忘れられる瞬間。

おばあちゃんが、笑顔ではるを覗きこむ。
でもはるは「だれですか？」と
シレッとした顔。
愛想笑いはしない子です（笑）。

ホテルに到着。
ベッド1つをダイナミックに使って、
はる様就寝。
私たちはシングルベッドに2人で寝る。

初の家族旅行は何事もなく、
楽しく過ごせてひと安心。

そんな風にして、3人で暮らす
楽しくておだやかな日々が過ぎていった。

いつもと違う

いつも「ウー！ウー！」とはしゃぐはるが、
最近はちょっとおとなしい。
おもちゃでは遊ぶけど、
笑顔が少ないし、元気もない気がする。

月に一度、様子を見に来てくれる
保健所の人に相談したら、
「特に気にしなくて良い」と言われる。
通院している病院でも問題無し。

近所の個人病院や
夜間の救急こども病院にも行った。

「少し風邪気味かなー？」と
鼻水をズズっと機械で吸ってもらって
確かに少し楽になったみたいだけど……。

でも……。なんだか心が**ザワザワ**する。
確かにはるの様子がいつもと違うのに。
本当に風邪気味なだけ？

連休明けに、もう一度近所の病院で診てもらう。
「やっぱりなんかしんどそうなんです」

機械で酸素を計ると、
100％近くあるはずの数値が70％台しかない。
何度も計り直すけど変わらない。
「すぐに大きい病院に行ったほうがいい」

「大丈夫やでー」と笑顔ではるに話しかける。
でも、本当は
自分に言い聞かせていただけかもしれない。

自分でも鼓動が聞こえるほど
心臓の音が早い。

病院でいつもの小児科の先生が診てくれる。
やっぱり風邪の診断。
「入院して検査してみましょうか」と言われて、
心配なのでお願いする。

レントゲンの機械を持った初めての先生が
はるを見て
「お母さん。この子、いつもと同じですか？」

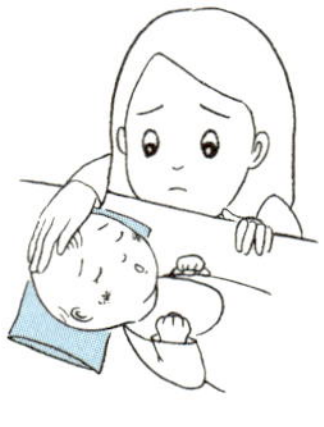

「いえ、ずっとなんか息が苦しそうな気がしてて、元気もないんです」

「そうですよね。普通のときと違いますよね？」

すぐにＩＣＵに電話して、ベッドを確保。

いきなり空気は一変した。

ＩＣＵ？　なに？

もし明日が来ないとしたら

はるの病気に向き合う中で辛いことはたくさんありましたが、目の前のことから逃げないと決めてから、はるに伝えたいこと、してあげたいことは、つど全力で行動にうつしてきたつもりです。

それは、はる自身が全力で生きていることを感じたからでした。家族みんながその姿に応えることができたのは、はるのおかげです。元気で生まれていたら、同じようにはできなかったかもしれません。

もし、自分に明日が来ないとわかっていたら、人にかける言葉は変わるでしょうか。違う行動をとるでしょうか。

変わる、違うと答えるなら、その〝もし〟が現実になったときには、もう遅いのです。愛や感謝を素直に伝えることももちろんですが、「なんとなく過ごす時間」も今日が最後かもしれないと思うと、他にやりたいことが見えてくるかもしれません。

私はどんな将来が待っていても後悔のない〝いま〟を送りたいと思っています。

Happiness Rule

いまを大切に生きる瞬間が連なって未来になる

4

泣かない約束——闘病

集中治療室ＩＣＵ

はるの病名が「肺静脈狭窄症《はいじょうみゃくきょうさくしょう》」とわかった。
とても治療が難しい病気だと言われる。
はるは器官を休ませるために
ＩＣＵで眠っている。

様子が違うから、何度も病院に行ったのに。

どの先生も問題ないと言っていたのに。

不安と怒りが口をつく。

それでも最後はお願いすることしかできない。

「はるをどうか助けてください」


その日からまた、パソコンにかじりつく日々。

とにかく調べて、調べて、調べた。

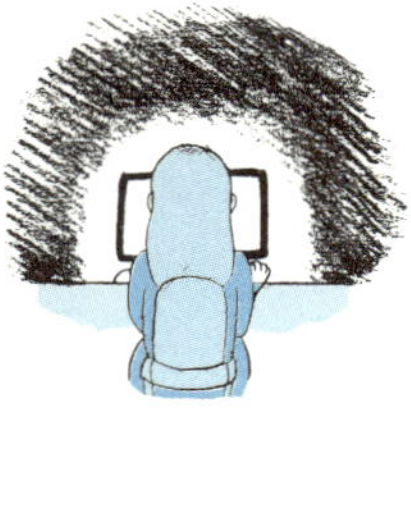

怖いけど、目の前の現実から逃げちゃダメだ。
私たちなら、絶対に奇跡を起こせる。

そんなときは、
いつもはるの笑っている顔が頭に浮かぶ。
あんなに元気に笑っていたんだもん。
あの子には、病気も吹っ飛ばせるパワーが
絶対にあると信じている。

はるは普段からあまり泣かない子。
でも可能な限りのおもちゃを持ち込んで、
はるから見える位置に飾らせてほしいと
お願いする。
とにかくリラックスさせてあげること。
ママが毎日来るし、
週末にはパパも来てくれるからね。

食事制限が続き、一気に痩せた。
二重あごでムチムチだった顔とは、ずいぶん違う。
久しぶりに目を覚ましたはるを見て
泣きそうになったけど、ぐっと堪える。

ニコっと笑った瞬間、前歯が見えた！

びっくり！**もう生えてきたの？**

お食い初めのとき
「立派な歯が生えますように！」

って言ったからかな。

こんな状況でも、はるは日々成長している。
離乳食がはじまったら、
美味しいご飯を作ってあげよう。
病気がよくなるまで、
もう少しここで頑張ろうね。

2回目の手術をすることになった。
待っている時間がとても怖い。
成功することばかりを想像する。
主人も仕事を早く切り上げて、
2人で静かな待合室で待つ。
落ち着かなくて、時計ばかり見てしまう。

7時間後、

「無事成功しました」の声。

主人と泣き笑いして抱き合った。

「さすがはるちゃんや。ほんま良かった!」

まだ眠っているはるを見て、
また泣いてしまう。
ほんとうに良かった……。
先生、ほんとうにありがとうございます。

小児病棟で闘う家族

数日後、ICUを出られることが決まった！
やったーーーー！　**憧れの小児病棟**だ。

久しぶりに声を出して笑うはる。
その様子を見ることができて、とても幸せ。
点滴も少し減って、抱っこもしやすくなる。
最近は心配してばかりだったから、
家族で笑いながら過ごせてほんとうに嬉しい！

症状もどんどんいい方向に向かって、
小児病棟の重症室から一般病室に移動することに。
ここでは闘っている家族がいっぱい。
私たちだけじゃないんだな。

はるは声が小さいから、夜に泣いていても
気づいてもらえないんじゃないか、と不安。
おむつもすぐ変えてもらえているのかな。
心配がつきない。

私もはると一緒に
病院に寝泊まりすることに決めた。
「これからは**ずっと一緒！**」
そう思うと、すごく気が楽になった。
はると夜一緒にいられないことが
ストレスだったことに、初めて気がつく。

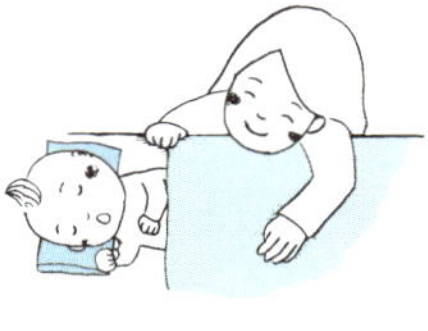

はるとママの入院生活

主人に毎日はるの様子をメールで送るのは日課。
主人は仕事終わりに寄ってくれる。

ミルクの制限が弱まって、飲む量が増えた。
体重もちょっと増えた。
おもちゃを目で追うようになった。
よく笑うようになった。
平和だなぁ、ありがたいなぁと思う。

先生の診察ははるの日課。
ポンポン聴診器をあてるときは、
必ず手をまわして先生と腕を組む。
まるで同志のよう。

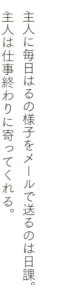

はるは絵本がとても好き。
読み聞かせの会にも参加してみる。
「まだ早かったかな？」とふと見ると、
すごく笑っている。
意味はわからないはずなのに**爆笑**。

病棟内のお散歩も日課。
廊下の壁は、動物の絵がいっぱい。
「これなーんだ？」と絵に近づくと、
私の顔を見て**「ふふふ」**と笑う。

２人で大きな窓から景色を眺める。

どこまで見えているのかな。

同じようにあかちゃんを抱っこしながら
外を眺めるママさんに心の中で声をかける。

「お互い頑張りましょう」

はるは毎日元気。
最近は、パパに抱っこされても
よく笑うようになった。
やっとパパって覚えてくれたのかな？
主人はとても嬉しそう。

お祝いで頂いたはるの服は
すぐに着られなくなるから、と少し大きめ。

痩せているはるは、まだ新生児サイズの服を
ローテーション。
一番お似合いの赤のボーダーは、
着ているとよく褒められるんだよね！

鼻のチューブを留めるシールに、
看護師さんがイラストを描いてくれる。
その気遣いがとても嬉しい。
それにみんな上手。
私も何度か描いたけど、絵心がないから
かわいくない。ごめんよ、はる。

それでも、平和な日々と危険な状態は隣合わせ。
はるの変化は、ほんのささいなものでも
すべてが何かのサインのような気がする。

「早くお外でも遊ぼうね！
おうちに帰ろうね！」
同じような会話をくり返す。

再度、集中治療室ICU

病状が悪くなってICUへ移動したり、
絶望の淵にいる私たちをよそに
ケロっと元気になって小児病棟に戻ったり。

わが子ながら、
すごい**生命力とパワー**を感じる。

病気は変わらずそこにあるけれど、
はるはこんなに元気。
「病気のことなんて気にしてません」って
顔をして、いつも天真爛漫。

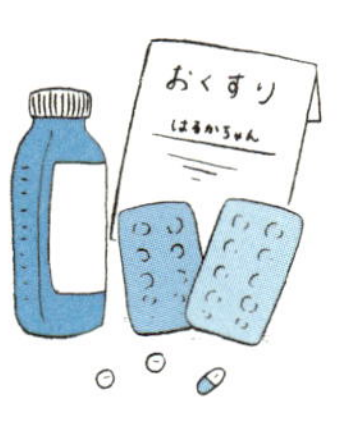

休みが取れた主人と、
1日だけ付き添い入院をバトンタッチ。
はると主人、2人きりの初めての夜。
あとで聞くと、はるはほとんど寝ていたそう。
ずっと寝ているだけ？
胸騒ぎがした。
先生に状況を伝えて、検査をしてもらう。

「すごく危険な状態です」

元気なはるが今ここにいるのに、どうして？
毎回、いつも状況が一変する。
快方に向かうための積み上げが
何度も崩れさる。
状況に気持ちがついていけないよ。

泣きだした私の顔を見て、
はるがすごく心配そうな顔。
ごめん、絶対はるの前で泣かないって
約束したのに。
でも耐えられなかった。
大丈夫、絶対パパとママが守ってあげるから。

あかちゃんってこんな顔するんだ。
私をジッと見つめる心配そうなはるの顔、
一生忘れない。

殺伐とした異様な雰囲気が怖かったICU。
もう慣れてしまった。
そうか、慣れるほど通ったんだ……。

少しの間、はると2人でいさせてもらう。
はるは薬でずっと眠っている。
小さな体。でも**精一杯生きている**。
頭をなでたり、足を摩ったり、
胸の勲章（手術の傷）を見たり。

あれから数日、ずっと薬で眠ったまま。

「おしっこの出が少し少ない」と看護師さん。

「はるー、どうしたー？」

まだ眠っているはるに話しかける。

きっと**私の声は聞こえる**はず。

家に帰ってもなんだか落ち着かなくて、
ずっとソワソワ。
そろそろ寝ようとベッドに入ったとき、
携帯がなる。

病院からだった。

電話が来たのは、初めてだった。

当たり前の存在がいる幸せ

闘病中、私のいちばんの支えは家族でした。

主人とは「とにかく溜めこまないで話す」というルールをつくり、毎日必ずはるの様子について、お互いの気持ちや考えについて、話す時間を持ちました。

母はすすんで家事を手伝ってくれ、遠くに住む主人の両親も頻繁に駆けつけてくれました。「みんなではるを支えていこう」と言葉をかけてもらったときは、本当にありがたかったです。

私は母子家庭で育ちましたが、小さい頃、寂しい思いをさせないようにという母の想いを理解出来ていなかったように思います。そのありがたさと愛情の大きさを自分が親になって初めて実感しました。そして、あらためてまわりにいる人を大切にしたい、という気持ちになりました。

人は遠くにばかり意識を向けて、当たり前のように近くにいる人ほどないがしろにしてしまいがちですが、「本当に自分を大切にしてくれる人、大切にしたい人は誰だろう」と一度考えてみてほしいと思います。

Happiness Rule

近くの人を「いま」抱きしめる

5

一秒でも長く……——別れ

数値の意思表示

深夜1時。
「はるちゃんが急変しまして、
いま対応しているところですが……」
「……すぐ病院へ向かいます」

胸騒ぎがした。
主人も今まで見たことのないような顔。
私もいまきっとそんな顔をしている。

病院に着いたら、はるの血圧の数値が
初めて目にする低さだった。

どうしよう。
やだやだやだやだやだ……。
「嫌や！　嫌や！」と子どもみたいに泣き叫ぶ私。
主人がはるに話かけている。
取り乱したりはしない。

先生が状況を説明する。
「数時間前に状態が急変しました。
その後いろいろ試みましたが、
かなり難しい状況です。
正直、あと数時間かもしれません……」

何を言っているのかまったくわからない。
はるが死ぬなんてことは絶対にない。
ありえない。

「はるちゃん！」

様子を見ながら、必死に話しかける。

はるはいつもの優しい表情じゃなく
凛とした、闘っている顔をしている。

目をつぶっていても、いつもと**全然違う顔**。

頭をなでたり、顔にキスをしたり。
話すことも目を開けることも、
体を動かすこともできないけど、
心拍数や血圧はグイっとあがる。
ちゃんと数値で反応してくれている。

パパとママが来たこと、
はるにはちゃんと伝わっている。
喜んでくれてる。
安心してくれてるんだ。

私たちは、はるの顔と数値のモニターを
交互に見ながら希望を持っていた。
いつもの奇跡を信じていた。

はるは、ちゃんと生きている。
いま、ここに生きているはると向き合おう。
そう心に決める。

はるが好きだったおもちゃを
鳴らしながら歌う。
「はる、聞こえてる？　一緒に遊ぼ」
すると、心拍数値が復活して、
モニターを後ろで見ていた先生もビックリ。
はる、ちゃんと聞こえているんだね。

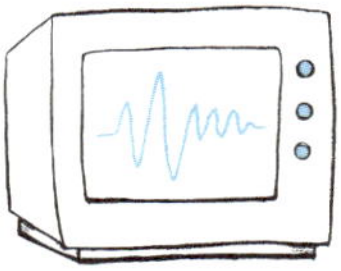

「やっぱりパパとママの力はすごいですね。
こんなこと、来られる前はなかったです。
本当にすごい。はるちゃん、わかってますね！」
先生が嬉しいことを言ってくれる。

はるが大好きな、ちょうちょの歌。
はるが大好きなあやし方で
何回もくり返し歌う。

普段では考えられないような低い数値。
それでも、一緒に何時間も遊んだら、
数値は来たときの倍くらいになっていた。

これは奇跡だった。

私も主人も泣いていた。
数値を見ては、泣き笑いをして喜んだ。
主人は私の背中をずっとさすってくれながら、
はるのこともよしよししてくれる。
主人の手が**温かい。**
つらいのは私だけじゃない。

いつの間にか夜が明けている。
先生に一度家で仮眠をとるように言われ、
気が進まないまま、
2時間ほど家に戻ることにした。

仮眠から目覚める前の、翌朝9時ごろ。
「はるかちゃんの数値がまた下がってきました。
すぐに病院に来てください」

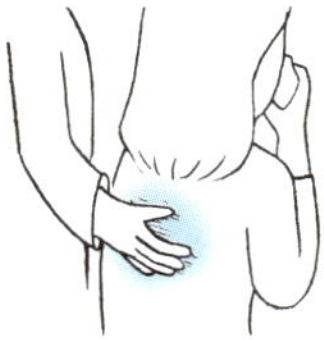

心のどこかで覚悟はしていた。
でも、心臓がバクバク、すごい音をたてている。
これから、どうなるんだろう。

病院に着いて、すぐにはるの元へ。
はるは変わらず、凛とした闘っている顔。

「この状態で出来る処置はもう何もありません。
最後はご家族で一緒に過ごされるのが
いちばんかと思います。
おそらく午前中ももつかもたないか……。
ご両親にもお電話を」

〝遠くに住む両親がかけつけるまで、
はるはもたないんじゃないか〟

病院側の誰もがそう思っていたけれど、
はるは大丈夫って確信がある。
ママとパパにはわかる。
はるの覚悟が顔に出ているから。

目もあけられずおしゃべりもできないけど、
相変わらずちゃんと数値で反応する。
嬉しいときは、心拍数や血圧がグイーンと
あがるし、みんなが喜ばせようと声をあげると、
はるの数値も興奮を示す。

やっぱり、みんなと一緒にいることが
好きなんだな。

感謝の思い

チューブだらけだけど、先生に頼んで
補助付きで抱っこをさせてもらう。
ギューっと抱きしめてあげることはできないけど、
じんわり肌に伝わる、はるの体温。
柔らかくてあったかい。
順番に、家族みんなで抱っこをする。
涙が止まらないよ。

「はるちゃんありがとう。ありがとう」

と、繰り返している自分がいる。

主人も「ありがとう」と口にしている。

私たちは、はるに感謝しかない。

感謝の思いが次々に浮かぶ。

はる、幸せをくれてありがとう。
親にしてくれてありがとう。
毎日笑わせてくれてありがとう。
こんなに愛しい存在に出会わせてくれて
ありがとう。
生まれてきてくれてありがとう。

私たちを親に選んでくれてありがとう。

みんな勢ぞろいしたよ

石川に住む両親も到着した21時頃、
はるはまだ頑張っていた。
ね、ちゃんと間に合った。
はるはそういう子。

マイペースなお義父さん。
心配性の2人のお母さん。
天然なパパとママ。
これでみんな勢ぞろいしたよ！

私たち家族が、後悔しないようにしてくれている
としか思えない。
この状況に全力で向き合わせてくれている。

でも、数値は正直。
どんどん下がってきている。
それでも、いまも歌や声に反応してくれる。

いまの状況って、はるはつらいのかな。
無理させているのかな。
心配だった。
それでも、私たちの最後のわがまま。
はると一秒でも長く一緒に居たい。

数値はもうギリギリだった。
でもこれは、人工心肺の作用でもある。
波々としているはずの心電図も、
限りなく一本線に近かった。

「呼吸があるか
確認させて頂いてもよろしいでしょうか」

「お願いします……」

人工心肺を止めたら、はるの数値も消えた。

本当に、亡くなったってこと？
放心状態のまま、
みんなではるを見つめていた。

最後まで、苦しい顔ひとつ見せずに
凛とした顔。
スーーーっと
お空に飛び立ったはるの顔から、
家族みんな、目を離せずにいた。

菌をうつさないように
ずっと、ほっぺやおでこにしていたキス。
はじめて、はるの口にキスをする。

「あとでお風呂に入れますが、
お母さんがされますか?」
看護師さんが声をかけてくれた。
私の沐浴が大好きだったはる。
私が最後に入れさせてもらう。

たくさん頑張ったはるの体が癒えるように、
やさしく、やさしく。
いつものように、柔らかくて
ふわふわしたはるじゃなくなっていた。
顔も、勇者のような凛々しい顔のまま。

いっぱい、いっぱい頑張ったね。
最後、いっぱい頑張らせてしまってごめんね。

はるとの沐浴。
これが最後だなんて信じられない。
いつものベビーバスじゃないからやりにくいよ。
またあのベビーバスで入れてあげたいよ。

お風呂に入った後のはるの顔は、
みんなが「わーーー!」って声をあげるほど
穏やかに変化して、
いつもの優しいはるの顔に戻っていた。

お風呂が気持ちよかったのが、すごく伝わる。
はるは、お風呂が大好きだったから。

長いようで短いような、泣いたり笑ったり、
気持ちが大忙しな一日が終わった。

自分の気持ちはどこにあるだろう

はるが亡くなったという事実に対して、完全に「もう大丈夫」と思えることはおそらく一生ありません。ふとしたときに号泣したり、辛い気持ちになってしまうことは、きっと何年経ったとしてもあるでしょう。

その感情を無理に押し殺す必要はないと思っています。そのときの浮き沈みをそのまま受け入れ、自分の気持ちに寄り添うことで、少し楽になることができました。死をクリアにして次へ進むのではなく、その事実とともに生きて行こうと思います。これは、自分自身に正直になり、そのままを受け入れられるようなった、ということだと思います。

娘の生死に直面するという極限の状況で、本当に必要なものとそうでないものもわかるようになりました。身の回りのもののほとんどは、必要になる〝かも〟しれないもので溢れていることに気づかされます。そんなときは、いま必要なものを自分の心に聞いてみるようにしています。

Happiness Rule

とことん自分に正直になると楽になれる

6

おかえり——永眠

おうちで集合した家族

家に帰ってから、
はるはいつものベビーベッドで寝ている。
はるがおうちに帰ってきた。

やっと帰って来られたね。
もう痛い注射も、点滴もないよ。
もう怖いことも何もないよ。

そう思うと、なんだかはるにとって、
お空を自由に飛び回れるいまは
幸せなんじゃないか、と思えた。

亡くなった後なのに、
家で家族全員集合していることが
なんだか嬉しい。
こんなこと、なかなかなかったから。

葬儀会社の方がクーラーをつけて、
ドライアイスをはるの周りに置いてくれた。
つい、はるが寒そう、
風邪をひいちゃうって心配してしまう。

いつもの洋服を着て、
いつものかわいい顔で、
いつものベビーベッドに
はるが寝ている。
ただ眠っているみたい。

家族ではるとの思い出をいっぱい話した。
はるは特別な子だったよね。
達観しているというか、
あかちゃんじゃないみたいな雰囲気。
もしかしたら、自分が亡くなる時期も
知っていたのかもしれないね。
そんな話を。

そして、かわいくてかわいくて仕方なかった。
お義父さんはいつも
「はるかは本当に美しい顔をしてる」って
褒めてくれた。
あかちゃんに美しいと言うお義父さんが
可笑しくて、笑っている時間も幸せだった。

本当はよくないのかもしれないけれど、
何度もはるを抱っこする。
管がひとつもついていないはるを
抱っこするのは久しぶりだった。
涙がこぼれる。
お家に帰ってこられたね。
おかえり、はるちゃん。

泣きじゃくっている私に主人は
「俺も同じ気持ちやで」
と言って抱きしめてくれた。

私がいちばんつらいような気がしていたけど、
主人も同じなんだ。
男の人は想いを吐き出すことすら
できないのかもしれない。

お葬式とハーフバースデイ

お葬式の日は、
はるのハーフバースデイの日。
来てくれた方に、
はるの生きた証を見てもらいたい。
はるらしさが伝わるような、
そんなお葬式にしようと2人で決めた。

はるは楽しい雰囲気が好きだった。
お花も目一杯カラフルに。
BGMは、大好きだった童謡。
はるの写真も壁にいっぱい飾る。
まるで、盛大なハーフバースデイの
お祝いみたい。

お経をあげてくれている最中、
花の一部だけが
ふわふわと揺れているのに気づく。
「あ、はるが飛び回ってる」
と主人を見ると、
「気づいてるよ」
とアイコンタクトをくれる。

飛ぶことにまだ慣れていないはるが、
花にぶつかりながら
飛んでいる様子が目に浮かんで、
少し笑ってしまった。

今日から、これがはる

火葬の日が怖い。
いままでは肉体が側にあった。
抱っこができたし、触れることができた。
それができなくなると
私はどうなっちゃうんだろう。
想像ができない。

火葬が済んで、御骨になったはる。
全部残さず拾ってあげるからね。
ひとりずつ列になり、箸で拾って骨壺へ。
自分の番が一瞬で過ぎる。
全部自分で拾いたい……。

「あとは、2人に拾わせてあげよう」
と誰かが言ってくれて、
それからは主人とがむしゃらに拾い続ける。
親族もスタッフの方も、
無我夢中な私たちをじっと待ってくれた。

「あかちゃんなので、
大きな骨は残っていないかもしれません」
火葬場の方にそう説明を受けていた。
でも、実際は立派過ぎるほど大きな骨が、
しっかりとたくさん残っていて、
さすがはるやな！と誇りに思う。

怖かった火葬も無事に終わった。
大事に、大事に骨壺を家に持ち帰る。
今日から、これがはる。

さよならを距離で決めない

はるのお葬式は、一般的な式とは少し違いました。明るい雰囲気にしたのは、お葬式をはるとのお別れの場にするより、別の世界へ安心して飛び立てるように送り出してあげる場にしたかったからです。

私たち遺族のための式ではなく、はるのための式です。はるが好きなものもたくさん集めました。来てくれた方に、はるの生きた証を見てもらいたい、という気持ちもあり、写真もたくさん飾りました。

亡くなったことをどう受け止めるか、そのお手本や正解などはどこにもありません。「死別」の解釈も一般論の中で決める必要はない、と思います。

はると私たち家族は、お空とこの世で、暮らしているステージは少し違いますが、私の中でその存在が消えることはありません。心の中で話しかけたり相談したりしながら、はると一緒にこれからも生きていきます。

Happiness Rule

正解がないものは
自分で自由に決められる

7

空からのメッセージ——再出発

夢と現実の境界線

はるが亡くなってから、
遺族としてすべきことは一通り終えた。

いまは誰にも会いたくない。
主人も10日ほど休暇をもらって
ずっと一緒に過ごしている。

子どもを亡くしたママのことを
〝天使ママ〟と呼ぶらしい。
同じ境遇の人のブログをたくさん読むと
「私だけじゃないんだ」
そう思える。

10年以上続けている自分のブログは
まだ書けずにいる。
妊娠がわかったときも、出産したときも、
たくさんお祝いのメッセージを
読者さんからいただいたのに。
病気のことも、ましてや亡くなったことも
報告できないでいる。

この世界と死後の世界について、
気がつけばとりとめもなく考えている。

死後の世界とここはどう違うんだろう。
どっちが本当の世界なんだろう。
煙になった後、
はるはそこに行ったんだろうか。

死ぬってなんだろう。
一体何が起きてるんだろう。
私も死んだら、**はるに会えるのかな。**

時々、自分が自分じゃない感じ。
何が現実で何が夢なのか
境界線があいまいで、ふわふわした感覚。

感情のコントロール

出かけた先で、
あかちゃんを抱っこしているママが
たくさん目に入って、
大勢の人がいる中で大泣きしてしまった。

はるの死は理解しているつもり。
でも自分でも止められないくらい
次々に涙が溢れてきて、
感情をコントロールできない。

主人に
「無理せんでいい。もううちに帰ろう」
と肩を抱かれてとぼとぼ帰る。

この先、**私どうなっちゃうんだろう。**
自分が少し怖かった。

はるは生まれ変わって、元気になって
私たちのところに戻ってきてくれる。
そして、私たちがお空に行ったら、
はるが絶対に迎えに来てくれるって、
確信している。
そう考えずにはいられない。

人生を精一杯生き尽くした後に、
最高の再会が待っている。
そう思うだけで、私は頑張れるよ。

主人の仕事も始まり、毎朝見送る。
いつも元気で前向きな主人も、元気がない。

それでも、日常は変わりなくやってくる。
大丈夫かと聞かれて、
「大丈夫」と答えるしかなかったりする。
主人も苦しいんだよね。

「普通」ってなんだろう

はるがお空にいって3週間が経った。
ひまわりを見つけると、
つい買ってしまう。

仏壇も、仏具も、仏花も、
どう考えてもはるに似合わない。
でも、私たち家族の形として、
はるが喜んでくれることをしたい。

はるには、ひまわりがよく似合う。

普通に笑って、テレビも観て、食事もとる。
傍から見たら、ごく普通の生活を
送っているように見えると思う。

でもそれが、はるの死を
〝乗り越えた〟ということにはならないんだ。
乗り越えられることではないし、
乗り越える必要もない。
私たち家族は、
一生はると共に生きていく。

いままでは、
人目を気にして生きていた気がする。
でも、そんなことはどうでもよく思える。

はるの病気がわかったとき、
できる限り「普通の」女の子として
生活をさせてあげたいという気持ちで
いっぱいだった。

それがはるの幸せ、そして娘の幸せを願う
私たちの幸せだと思っていた。

人は「普通」のその先に
幸せがあるように考えてしまう。
でも、生死に直面する日々の中で、
幸せの形は変わっていった。

少なくとも、**私たち家族の幸せは、**
はるが存在してくれていることだった。
たとえ走れなくなったとしても。
たとえ寝たきりだったとしても。

ただ会いたい

主人がよく言う
「悲しいんじゃなくて、寂しい」。
私もそう。
はるにはいっぱい幸せをもらった。
一緒に闘ったし、一緒に乗り越えてきた。
だから、後悔はほとんどない。
悲しくはないよ。

でも、寂しい。
はるに会いたい。
会って抱っこして、
ぎゅって抱きしめたい。

外出するのはまだ抵抗がある。
はるの御骨をひとりでお留守番させるのが、
かわいそうだと思って。
でも、主人に
「はる、うちにずっとなんておらへんで。
勝手に飛び回って遊んでると思うで！」
と言われてから、
なんだか気持ちが楽になった。

もう点滴もないし、瞬間移動もできちゃうよね。
大阪の実家や、石川の実家にも行っているのかも。

いまは外でも一緒にいることを感じられるように、
お骨を入れる遺骨ペンダントを
毎日欠かさずつけている。

救われること、救えること

少しずつだけど、
自分の気持ちも整理していかないと。
ブログに書いてみようかな。
いつも応援してくれている読者さんに
きちんと伝えよう。

自分の言葉で想いをありのままぶつけるのは、
正直すごく怖い。
びっくりさせてしまうだろうな。
人によっては不快な気持ちにさせたり、
落ち込ませてしまうかもしれない。
それでも、
妊娠も出産もブログに書いてきたから、
亡くなったこともきちんと報告したい。

ブログで報告後、
想像以上に多くのメッセージを頂いた。
とくに、同じ境遇のママやパパ。
たくさんの励ましの言葉や
「ブログに書いてくれてありがとう」
という感謝のメールも頂いた。

同じ境遇の方は私と同じで
「自分だけ」と思っていることが多い。
みんなが幸せそうに見えたりもする。

そうか、
みんな私と同じ気持ちだったんだ。

私が同じ境遇の方のブログを読んで
救われたように、
私も誰かの役にたてたりするのかな。
ブログに発表してから、
そんなことを考えるようになった。

はじめての月命日

一生に一度だけ死者に会って
会話をさせてくれる、という映画を観た。
私は迷わず、はるに会いたい。
はるは会話ができないから、
一晩中抱っこして「ウー！・ウー‼」って話すのかな。
想像したら面白すぎて、主人と泣き笑いした。

パパに抱っこされて、
よく笑っていた姿を思い出す。
パパもメロメロだったもんね。
パパは今もよく、私のことを間違って
「はる」って呼ぶよ。
もうすぐ月命日。お空に行って1か月。
もうそっちの生活は慣れたかな？

ふとした瞬間に
スイッチが入って涙がとまらなくなったり、
人が多い場所で息苦しくて酸欠になる。
急に、いろんな感情が沸き起こる。

眠いのに夜眠れないのは主人も同じ。
はるー。パパとママが寝不足だよ。

はじめての月命日は
アップルパイを作る。
母と主人と私と、そしてはると、
4人で分けて美味しくいただく。
パイを食べるなんて、お祝いみたいだ。

命日と月命日は、悲しむ日じゃなく、
はるが主役の日にしたい。
命日と月命日、誕生日を合せると、
1年で13回。
これから永遠に大切な日になった。

「元気」の正体

自分にとって「元気」ってなんだろう、
と最近よく考える。
そんなとき、はるの姿がふっと浮かんでくる。
私が思い描くはるには、
どんなことがあっても揺るがない
私の無条件の愛がある。

はるはいまお空にいるけど、
一緒に住んでいないけど、
私の愛情の「存在」は変わらずにある。
愛されることも幸せなことだけど、
自分が無条件に愛情を注げる存在がいるときに、
人は最高に、幸せを感じるんじゃないかな。

その存在がただあるだけで、
「元気」になるんじゃないかな。

生きる意味や目的に向き合う大切な時間の中で
無条件に愛を注げる存在に気づけた。

はるに日々教えてもらっていることを
これからたくさん伝えていきたい。

健康でいること

はるのお世話をする必要が
急になくなってしまったけど、
その代わり、
朝起きてからお供えの水を変えたり、
たまにミルクを作ってあげたり、
花の手入れをしたり、
はるのまわりを整える習慣ができた。

「あー眠いなー」と思いながら起きて、
お水を替えたりしているとき、
ふと、寝不足になりながら
朝おっぱいをあげていた頃を思い出す。

そんなとき
いつまでも私は**元気でいなければ**、と思う。
はるの仏壇をきれいに保ったり、
主人のごはんを作ったりするのは
私しかいない。
私がいなくなったら**困る人がいる！**

主人には
「美帆、いつまでも元気でおってな。
長生きしてな！」とよく言われる。

私も同じ気持ち。
主人には、私より長生きしてほしい。
わがままだけど、
もう大切な人を見おくるのは嫌だ。

笑顔の理由

はるの四十九日法要を無事終えた。
1か月はとても長く感じたのに、
四十九日までは、あっという間。
これはなんなんだろう？
時間の流れは一定じゃない気がする。

住職のお話を聞いて、ホッとする。

娘は永遠に私たちの心で生きていて、
亡くなって終わりではない。

「魂はずっと生き続ける」

という言葉が初めて腑に落ちた。

四十九日は両家が集まり、
はるの写真や動画を見ながら
いっぱい笑った一日。
はるはお空に行っても
みんなを笑顔にしてくれる。

お葬式もそうだった。
その夜に、
家族が揃って笑顔で映っている写真がある。
そこだけ聞くと不謹慎なようだけど、
そうじゃない。
はるはみんなに、それだけの幸せをくれた。

いろんな表情をしたはるの写真を見ながら、
「かわいいねぇ、面白いねぇ、
こんなことあったねぇ」
なんていつものように
はるの話題で持ちきりだった。

なぜ笑えたのか。
理由は1つじゃない。
最後まで、家族揃って看取れたこと、
亡くなったあとも2日間
ずっと一緒に家にいられたこともある。
お通夜の日に抱っこをしたり、
夜一緒に川の字で眠れたこと、
御骨拾いを何十分もかけて
1つ残らず拾わせてくれたこともある。

でも何より、
はるが全力で生を全うしたこと。
そこに、同じように
全力で関わることができた幸せを、
家族全員が感じているから。

北海道での不思議なできごと

はるの写真とペンダントを連れて、
私の故郷、北海道へ出かけた。

主人と散歩をしていたら、
タヌキみたいな猫が何回も振り返りながら
森のような公園の中に入っていった。
「はるの子分や！」と言いながらついていく。

はるの大好きなタヌキのぬいぐるみ。
お空へ行くときも一緒についていってもらった。
そのぬいぐるみは2つあって、
もうひとつは、
いまも遺影の側でちゃんとお供している。

その夜、
カメラのシャッター音のような不思議な音や、
何かがぶつかるような音、
いままで聞いたことがない物音がした。
絶対はるだな、と思う。
本当はちょっと見にいきたかったけど、
音が収まっちゃう気がして、
耳を澄まして聞いていた。

そんな不思議な出来事は全部、
はるに関連しているんじゃないかと思ってしまう。

ママの悲しい顔

それでも、
はるの月命日には何も手につかないし、
涙は自然に出てしまう。

姿を見せてほしい。
抱っこをして、思いっきり抱きしめたい。

はるの前では、
どんなときも笑顔でいるようにしていた。
でも一度だけ、
主治医からすごくつらいことを言われたとき、
その場で泣いてしまったことを思い出す。

はるは、いままでに見たことないような
悲しそうな心配そうな顔をして、
いっさい目線をそらさずに私の顔を見ていた。
その顔が、いまも目に焼きついて離れない。

子どもは
ママの悲しい顔は見たくないんだ。

はるは明るい雰囲気が大好きな子。
みんなが笑っているとき、
はるも本当に楽しそうだった。
だから、いつまでもそんな私たちでありたい。
お空から、きっと見てくれているから。
私に元気がないと、
「ママらしくない！」
と喝を入れられる気がするよ。

新しい街との出会い

引っ越しをすることにした。
以前、初めてその街を訪れたとき、
私は一瞬にして気に入ってしまった。
空気のきれいな場所。
こんな街に暮らしたい。
はるが生まれる前は
利便性を重視していたけど、
いつしか環境を重視するようになっている
自分に気づく。

しばらくぶりの感情かもしれない。
新しい環境にワクワクする気持ち。
主人とこれからの未来に向けて、
前向きな話をしていける気がする。

引っ越しを機に、
また1からスタートする気持ち。
その人生第2章では
家族の形がちょっと変わっている。

目には見えないけど天使のはるが
存在感抜群のボス。
助言してくれたり、
背中押してくれたり、
私たち家族はいつも一緒。

引っ越しの前日に、
お仏壇だけは自分たちで運ぶことにした。

それぞれの心に生きる

はるの似顔絵を描こうとしているけど、
なかなかうまく描けずに悩む。
私より格段に絵心がある友達に、
いろいろアドバイスを貰っている。
今夜も娘の似顔絵を真剣に描く！
でも私たち夫婦より、みんなのほうが上手い。

友達がよく、はるに
おもちゃやお菓子を持ってきてくれる。
早速飾ったら、思わず涙が溢れた。
生きていたら、おもちゃをガシっと持ち上げて、
不思議そうな顔でジーッと見つめて遊ぶだろう。
そんな姿を想像して。

この世に生きたのは6か月だったけど、
いまもこうやってみんな、
はるの事を話題にしてくれて、
みんなの心の中で
はるが生きていてくれて、
本当に嬉しい。
人の優しさやありがたさが身に沁みる。

はるの存在はいまも絶大で、
むしろ、生きているときより大きいかもしれない。
姿が見えないからこそ、
感じたいと強く願っているからかな。

いちばんの望み

いままでの私は仕事が大好きで、
仕事の割合がとても多い人生だった。
でもはるを授かって、生まれて、
そして亡くなって、ガラっと変わった。

いまの私のいちばんの望み。
輪廻転生があるのなら、
はるにもう一度
私の元に戻ってきてほしい。
そのときは、はるとしてではなく、
はるの兄弟として、しっかり産んであげたい。

図々しくも、当たり前にできると思っていた
出産や子育て。
いまの私にとっては、
とても遠くにある希望のように感じる。

怖い気持ちもある。
それでも、またいつか、
わが子に出会わせてくれるなら、
どんな辛いことでも耐えられる。
こんなにも
愛おしい存在に出会えた幸せ。
はるに出会えたからこそ、強く思う。

「また出産を経験して、
また子どもを育てたい」

あれから1年

去年のいまごろは臨月で、
いつ生まれるかとソワソワ過ごしていた。
〝生きていたらお座りしている頃だなー〟
と考えると、とても寂しい気持ちになる。

いまでも「お子さんいるの?」
という質問には、戸惑いながら答える。
アンケートや問診票の子供有無の欄は
どう書けばいいのかわからず悩む。
はるは存在していないわけじゃない。
お空にいることは確かだから。
あの世とちょっと遠距離で住んでいる感覚。
私があの世に行ったとき、はるに絶対会えるなら、
それまでは、楽しく人生を全うしていきたい。

ある日、はるを出産した産婦人科から
〝1歳のお誕生日おめでとう〟と
プレゼントが届いた。
そうか、亡くなったこと
報告していなかった。

開けてみるとサイズ110のTシャツ。
「こんな大きな服着れるようになるんだなぁ」
と物思いにふける。

出産からもう1年か……。
はるをいつも以上に想いながら、
大切に過ごそう。

はるを感じるとき

朝起きて、
いつものようにはるに手を合わせる。
そろそろお空に慣れたかな。寒くないかな。
お空に行くときに、
おニューの靴下履いたから大丈夫かな。

笑顔のはるの写真。
いつも同じなはずなのに、
今日はすごく楽しそう！
と感じるときがある。
私の母も主人も同じことを言っていて、
そう思う日が一緒だったりする。
世の中には、こういう不思議なことって
あるんだろうな。

私たちが楽しいと、はるも一緒に楽しんでいる。
初めての場所には一緒にワクワクしているはず。
だから家を出るときも
「はるちゃん行くでー!」
って声をかけるし、何の違和感もない。
きっと「はーい!」って元気に返事して、
背中に乗っかっているんじゃないかな。

いつも、お地蔵さんに手を合わせる。
今日は別のお地蔵さんにも会いに行く。
なんだか丸っこくて小さなお地蔵さん。
その姿が、はるの姿と重なるよ。

いまの私には見えないけど、
どうか、はるが幸せに過ごせていますように。

空からのメッセージ

友人がある人を紹介してくれた。
亡くなった人の想いを聞くことができる方。
その人に、はるのメッセージを
聞いてもらうことになった。

「私がお腹に入ったときから
パパとママがかわいがってくれて、
生まれてくるのを
楽しみにしてくれたことも全部知ってるよ。
ほんとうにありがとう。
でも、パパとママに使命があるように、
私にも使命があるの。
自分を責めないで！ これは私の問題なんだ」

はるは、とにかく私を心配していた。
元気に生んであげられなかったと
自分を責めていること。
病気になってしまったのは自分のせいじゃないかと
責めていること。

話を聞いて、まわりも気にせず
ワンワン泣いてしまった。
はるの病気がわかってから、
「なんで？」という疑問が
ずっと消えることはなかった。

食べたものがいけなかったのか、
着けたものがいけなかったのか、
行った場所がいけなかったのか。

はるからのメッセージは
そんな「なんで?」から
解放してくれるものだった。

不思議なことに、
はるの性格や特徴もお話と一致していて、
すんなり心に入ってくる。
「これは絶対、はるが私に伝えようとしている」
とわかった途端、涙が止まらなくなった。

私たち家族が感じていたことが、
亡くなったあとに
少しずつ紐解かれているような感覚。
私を救ってくれるはるの姿が
見えたような出来事だった。

夜、主人にその話をすると、
スピリチュアルな話をあまり信じない主人が、
「はるが近くにいるって俺らの感覚は、
絶対間違ってないんやろな。
そうゆう能力を持っていない人にも、
ちゃんと感じさせてくれてるんやろうな」
と笑って聞いてくれた。

私たちのかわいい天使はるは、
この先もいろいろなメッセージをくれるだろう。

あなたの存在がいてくれるから
私たちは前に進めるよ。

はるが引き寄せてくれたもの

はるがお空へ行って9か月。
生きていた時間より
亡くなってからの時間が、ずいぶん長くなった。
そんなに時間が経った感じがまったくしない。
ついこの間まで病院で
一緒に寝泊まりしていた気がする。

引っ越しをして環境を変えたことは、
本当によかった、といまあらためて思う。
いままで利便性を重視して住んでいたけど、
引っ越した街は真逆の環境。
決して便利な場所ではないけれど、
朝日が昇って、夕日が沈む様子が
リビングにいても感じられる。

ベランダでぼーっと空を眺めていると
すごく気持ちがいい。
人間らしくなった気がする。

はるのことがあってから、
自分の人生を見つめなおすことが多くなって、
本当に大切なモノ、ヒト、コトが
はっきりとわかるようになった。
きっと、
「パパとママにはここが合うよ！」
って引き寄せてくれたんだね。

ともに生きていく

もうすぐ納骨の日。
寂しくないと思っていたけど、やっぱり涙が出る。
離れたくないって気持ちの涙じゃないことは
理解している。
ただ、はるのことを思い出して、会いたいだけ。
「ママ、また泣いてるー」
ってお空で笑っているかな。

何日か前、涙が止まらない日もあったけど、
納骨の日は、晴々とした気持ちで送りだせた。
おじいちゃんとおばあちゃんのお墓に
「これからよろしくね！」
と挨拶をして、しっかりきれいに洗う。

はるが寂しがっている感じがまったくなくて、
むしろホッとしているような、
落ち着いた感じがする。
自宅に戻ってリビングに入ったら
「あ、今日ここにいない」ってすぐに感じた。
主人も
「はる、ここにおらへんよな！
今日はおじいちゃんおばあちゃんとこいるのかも」
と、私と同じことを言っている。

はるにとっても、私たち家族にとっても、
納骨は一つのステップ。
これからの人生を、新たな気持ちで
はると家族とともに歩んでいく
前向きな気持ちでいっぱい。

心の中のはるに話しかける

子どもを持っていちばん変わったのは、親としての自覚が芽生えたことです。はるの姿が見えなくても、パパとママとして恥ずかしくない行動を常に心がけています。遺骨の入ったペンダントを持ち歩いているので、ママとしての意識を忘れずに持っていられる気がします。

はるは環境の変化にもどっしりと構えているところがありました。そんな姿を思い出して、いまでも私が何かを決断しなければならないときは、「はるはどう思う?」と心の中で話しかけます。そう対話することで、ほんとうは自分自身と向き合っているのかもしれません。きっとはるは、私の「良心」の象徴なのだと思います。

また、「子どもはママが自分の犠牲になることを望んではいないのではないか。親が〝してあげている〟と考えるのは、親のエゴではないか」と思うようになりました。それもはるの視点から学んだひとつです。

いまでもはるは、私にいろいろなことを教えてくれます。

Happiness Rule

自分の心に もうひとつの目を持つ

8

家族のかたち——兄弟

前向き

はるにはずっと、
兄弟を作ってあげたいと思っていた。
でも、亡くなってからは
次の子どもを考えることが
ダメなことのように思ってしまう。

それでも毎日
仏壇に向かってはると対話をするうちに、
私たちが幸せに笑っていることを
はるは望んでくれているんじゃないかな、と
少しずつ思えるようになった。

次の子が生まれても、
長女は永遠にはる。
存在が消えるわけじゃない。
強くてかわいいお姉ちゃんがいたんだよって、
次に子どもができたときに教えてあげたい。

少しずつ前向きに
次の子のことも考えられるようになって……。

その数か月後、
念願の妊娠!

でも、はるを妊娠したときのように、
手ばなしで喜べない不安な気持ちもある。

元気な赤ちゃんを生んであげたい。
とにかく元気に、生まれてきて欲しい。
それだけを祈りつつ、
不安と喜びを感じながら
安定期になるのを心待ちにしている。

とにかくまずは安定期に……。
みんなへの報告も今回はもう少し先。

つながる幸せ

安定期に入り、
その後もお腹の子は
順調にすくすく育っている。

なんと、性別は男の子！

比べるつもりはもちろんないけど、
はると過ごした半年は、濃密だったから。
私たちにとって、その存在が大きすぎて、
無意識のうちに比べてしまうんじゃないか、
とも思っていた。

でも、男の子なら
また違った子育てになるだろう。
はると弟、別の人間として、
きちんと接することができそう。

こんなに早く授かれたのは、
はるのバックアップがあったから
としか思えない。
お空であかちゃんが親を選んでいるときに、
私たちのことをオススメしてくれたのかな、
なんて思ったりする。

お腹に2人目の子を授かったことで、
はるが **「ママは何も悪くないよ」** って
安心させてくれているように感じる。

はるが生きていたら1歳半なんだな。
同じ歳の子を見ると、
いまでもどうしても重ねてしまう。
生きていたらあれくらいなんだなぁ。
もう歩いているんだろうなぁ。

いまお腹にいる息子が生まれたら、
はるに、いちばんに報告したい。
はるのおかげで、
また妊娠という奇跡にめぐりあえた。

「悠」と書いて「はるか」と読む。
おだやかで芯の強い子に育って欲しいと
主人と2人でつけた名前。
まさに、その通りの子だった。
そして、弟の名前にも
「悠」の字を入れている。
お姉ちゃんの分も、たくさんの経験をして
いろんな世界を見てほしい。

いろんな出来事がありつつも、
止まることなく毎日は続いていく。
そんな「毎日が続く」ということが、
いまの私にはとても眩しい。

ちょうちょの歌にはしゃぐ姿。
なかなか起きない健やかな寝顔。
沐浴のときの満足そうな顔。
ジッと訴える意思を持った表情。
家族が集まったときの嬉しそうな笑顔。
真剣に絵本を見つめる姿。
たくさんの写真におさめられた変顔も。

なんてことのない日常に、
私たち家族の幸せは溢れていた。

ありがとう。ありがとう。

今日、いま、その瞬間を本気で生きたはる。
だから私たち家族も、本気で向き合った。
「大好き」も
「ありがとう」も
「ごめんね」も
その瞬間に惜しみなく伝えることができた。
後悔がないのは、
本当に幸せなことだと思う。

全力で生きてくれて、
全力で向き合わせてくれて、
本当に感謝している。

そしてこれから、
ちょっと変わった家族の形がはじまる。
私と主人、天使のはる、
もうすぐ生まれる弟の**4人家族**。
これからも、はるに
たくさんのことを教わりながら、
かけがえのない毎日を家族と歩んでいくんだろう。

お空で、
あのひまわりのような笑顔で、
弟の誕生を見守っていてね。

光と影のどちらをみる？

はるに対して、すべてにおいて感謝の気持ちでいっぱいです。心の中で毎日、「ありがとう」と伝えています。一緒に過ごした日々はこれまでにないくらい楽しく、子どもを持つことの幸せを教えてくれました。つらいこともたくさんありましたが、思い出すのは楽しいことのほうがずっと多くあります。

「太陽の光に顔を向けなさい。影を見ることはない」というヘレン・ケラーの言葉があります。光があるから影がある。でもどちらを見るかは、自分で決めることができます。

後ろ向きの考えは、「こんなにも愛おしい存在にまた出会いたい。あかちゃんを授かりたい」という、強い気持ちが打ち消してくれました。そしていま、私のお腹には新しい命がいます。

「また授かりたい」と思えて、初めてつながる命に出会えたことに、心から感謝しています。

Happiness Rule

前を向けばつながる幸せがある

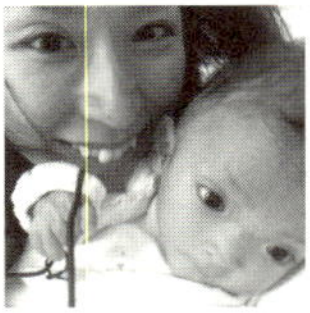

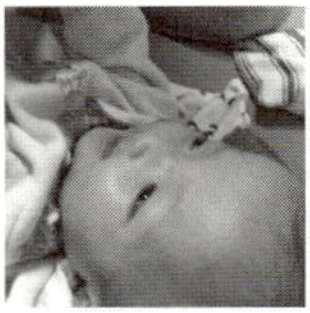

おわりに

この本を手に取ってくださり、また、最後までお読みいただき、本当にありがとうございます。

私たち家族の本を出版することが決まったときは、夢のようでした。半年という決して長くはない人生でしたが、最後まで諦めず、懸命に生きたはる。はるかという女の子がこの世に存在していたことを、多くの方に知っていただくことができ、とても嬉しく思います。

本を作っていく中で、写真や動画を見返しながら、一つひとつの出来事を思い出していきました。そこには、いろいろな娘の姿がありました。底抜けの明るさでみんなを笑顔にする姿、まだまだあかちゃんの無邪気な可愛い姿、病気と闘う強い意志を持った姿、どんな逆境にも動じない頼もしい姿……。わたしたち家族は、そんなはるの生きる姿に救われていました。

はるの力になりたい一心で家族みんなで病気と闘ってきました。けれど、当事者のはるがいちばん、私たち家族に生きる力をくれていたので

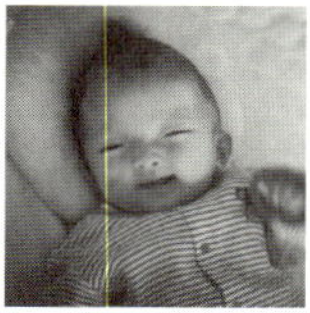

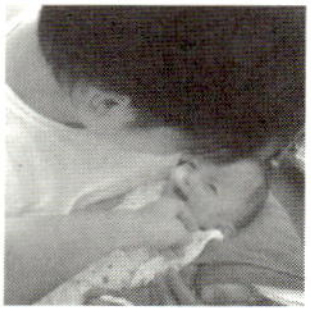

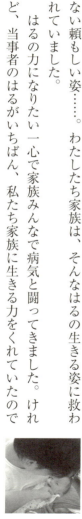

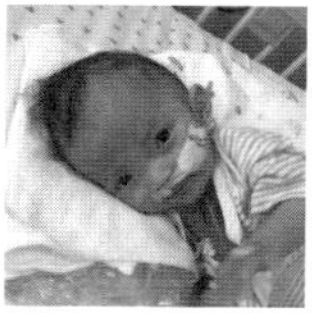

す。さまざまな気づきを与えてくれ、改めてはるの存在の大きさを感じています。

お空に行ったいまでも、その存在は絶大です。はるがいつも見ていてくれていると思うと、自然と笑顔になります。私にとって、今やメンターのような存在です。

この本は、私たち家族の話ですが、「大切な人」がいる方は、その相手を思いうかべながら読んでほしいと思います。幸せか、そうでないかは、個人の捉え方ですが「大切な人が亡くなること」は、誰にでも起こり得ることなのです。

人は生まれた瞬間から、いずれ必ず死を迎える運命にあります。頭ではわかっていても、自分事としてなかなか受け止められない事実。

それをこの本で一時でも感じてもらえれば、と思います。そうして見えた景色には、多くの幸せの種が散りばめられています。

近くにあるものは見えにくく、遠くに目を向けてしまいがちですが、幸せとは、本当は「誰の近くにも」「当たり前のように」あるものだということを感じていただけるのではないでしょうか。

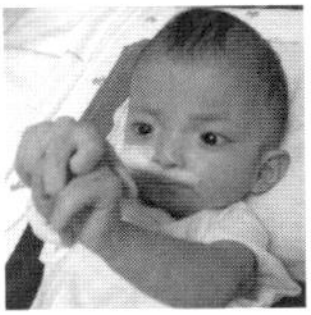
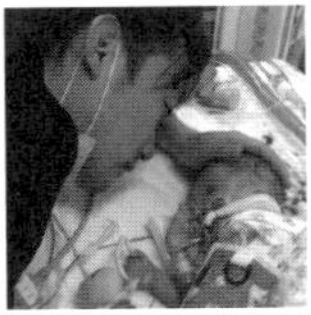

本当の幸せは、すぐ側にありました。

いつも側で味方をしてくれている主人、母、主人の両親、そしてお空のはるが、どんなに大切な存在か。はるの死を経験した私には、痛いほどわかります。

後悔をしないように、大切な人をちゃんと大切にしたい。毎日を丁寧に、前を向きながら進んでいきたい。

そして、すべての物事は、捉え方次第でどんな形にも変化します。落ち込むような出来事も、捉え方で幸せへとつなぐことができます。

この本を書くことが決まったときにお腹にいた弟も、先月無事に生まれ、大切な存在がまた一人増えました。完璧なママにはなれないけど、はるがお空で笑っていられるように、私もこっちで家族と笑っていたい。そして、いつか会える日まで、私もはるに誇れるような人生を送っていきたいと思っています。

いまでも涙が出ることはありますが、そんなときはその感情にとことん向き合って、また空を見て前を向く。そんな繰り返しの日々です。

はるのポジティブパワーが、この本を通して皆さんに届きますように！

田中美帆

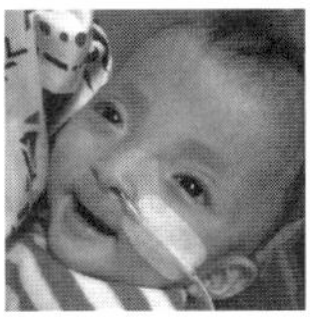

〈著者紹介〉

田中 美帆（たなか・みほ）

1983年生まれ。フジテレビ「あいのり」のテレビ出演をきっかけに、タレントとして活動。その後サロン主宰やアロマのイベント事業を経て、2013年、関西を中心に女性の活躍をサポートするコミュニティ「関西美活サークル」を立ち上げる。また、講演や主催イベントなど様々な活動情報に加え、美容やファッションなど日常を綴ったブログ「SWEET MIE」を開設。1日最高65万PVを誇るパワーブロガーとしても活躍し、アメブロ公式トップブロガーに認定されている。娘・悠（はるか）の妊娠から出産、そして6か月の命の軌跡を綴った記事が話題を呼び、特に女性読者から多くの反響がよせられている。

My Happiness Rule

2015年11月6日　初版第1刷発行

著　者　田中美帆

発行人　佐藤有美

編集人　安達智晃

ISBN978-4-7667-8597-5

発行所　株式会社　経済界

〒105-0001　東京都港区虎ノ門1-17-1

出版局　出版編集部☎03（3503）1213

出版営業部☎03（3503）1212

振替 00130-8-160266

http://www.keizaikai.co.jp

装　幀　岡　孝治

組　版　白石　知美

編集協力　赤木　真弓

イラスト　あらいさとみ

印　刷　㈱光邦